アスペルガー症候群の夫と過ごした
四十三年間

林 富江
Hayashi Tomie

風詠社

はじめに

最近「大人の発達障害」という言葉をよく耳にしたり、聞いたりする事が多くなりました。しかしながら、多く取り上げられるのは、若い人たちが仕事をする上での問題点、仕事を探す上での留意点等、本人に関する様々の問題が取り上げられている事が多いと私は思っています。

また、発達障害は、脳に異常があるためにおきるものと聞いています。その為、幼少期からその芽はあるものと思っています。その事に気がつかないまま成長し、やがて若者は素晴らしいパートナーを見つけます。そして結婚して新生活が始まると、非常に多くの問題が発生します。それに気がつかないまま苦痛の生活を強いられると、私のようにウツになり、やがて双極性障害になってしまうことになりかねないのではと思っています。双極性障害になってしまうと生活をする上に沢山の問題が出てきます。ひどくなると仕事をする事さえ出来なくなります。そこまで至らない前に早めの対策をされた方が良いのではと私は思っています。

私の長い結婚生活の中から、パートナーがアスペルガー症候群である事がわからなかったために理解出来なかった事、理不尽に思ったことの体験を綴って見ました。何かの参考になれば幸いです。

目次

装幀　２ＤＡＹ

アスペルガー症候群の夫と過ごした四十三年間

私の両親

父の親族は農業を営んでおりました。新しく干拓地が出来た事で、広島から岡山に来たのでした。しかし、農業よりも商売をやりたかった父は、自分の農地を全て小作に任せて、立地条件の良い道路脇に住宅兼店舗を構えたのです。そこで呉服商を始めたのでした。しかし、その土地は全てが他人の土地だったのです。

終戦まではそこそこの売り上げもあったようです。やがて、終戦となり、農地改革で小作に任せていた土地は全て没収となってしまいました。父は所有していた土地を全て失ってしまったのです。この事が父の商売に対する意欲を失わさせ、やがて、全く仕事をしなくなって私たちの生活は転落の一途を余儀なくされたのでした。

やがて父は毎日にように酒に溺れるようになりました。そして母に暴言を吐くようになり、暴力も振るうようになったのです。そんな中、母は和裁の内職をして、また和裁の仕事のない時には安い賃仕事をして私を育ててくれたのでした。

やがて父は生活に必要なお金を稼いで来るようになりました。しかしそれを母に渡すことはありませんでした。自分が食べた残りはギャンブルにつぎ込んでいったのです。その頃から両親は生活を共にすることはありませんでした。家庭内別居です。それも仕方のないことだと思います。このような事もあり、私は父を好きになることはありませんでした。

その後、母は叔母の紹介で、和裁の教師の職を得たのです。当時の集団就職の娘さんたちだったので、合わせて和服の販売も手がけるようになったのでした。その後、和服の商売で収入を得る事が出来るようになり、母と私の生活は随分と楽になっていくことができたのです。その後私は母が稼いでくれる事で随分と助けられたのです。

こういう家庭の中で育った私が、世の中の普通の夫婦の在り方を学ぶことはできません。そして、それはのちに私たち夫婦の関係がうまくいかない原因だとさえ思ったのでした。そしてそうなるのは私の責任だとも思ったのでした。

夫との出会い

私の父と夫の父が知り合いだったという事もあり、父の紹介で、夫の家族の元でアルバイトとして働くことになりました。高校三年生のことでした。そしてここで私は夫と出会ったのです。

冗談が多く、面白くて楽しい人だったので私は夫に惹かれていきました。親同士が知り合いだということは私の家庭の事情を考える必要がないと安心もしたのでした。この時、私はこの人と結婚するだろうと思ったのです。夫も同じように思ったようで、私たちのお付き合いが始まったのでした。そして私たちは結婚をすることになりました。私は世間も何も知らない二十歳の娘でした。

その頃の夫は優しくて、親切で、私は幸せでした。そして、ごくごく普通の夫婦だったのです。

しかし、それは母が父と喧嘩をして私の元へ逃げてくるまでのことでした。

母が来て間もない頃、夫は一匹のボクサー犬を買って来たのです。私には一言の相談もありませんでした。その当時、高校卒業の給料が八千円くらいでした。そこへ一万五千円の犬を買って来たのです。私たちの給料は世の高校生と同じくらいだったと思います。私にはお金もなく、母に助けてもらうより方法はありませんでした。そして、これ以後、私はお金のことで母に助けて貰うことばかりでした。

母の事と、お金の管理ができないというアスペルガー症候群の夫との戦いの始まりでした。そしてそれは私が夫の元を離れるまで続いたのでした。

新婚生活　母の家出

結婚をした後、父の営む店舗を任されて、その店舗の二階を住まいとしました。その店は夫のお姉さんが任されていたのですが、家を新築したので引っ越していく予定でした。私たちの結婚は姉たちが出た後の店舗を引き継ぐためのようでした。私たちが移ってからまもなく、姉たちは新しい住まいに移って行ったのでした。

そんなある日のこと、母が父と喧嘩をして、私の元へと逃げて来たのです。母は仕事としていた仕立物も持って来ていました。あまりに突然のことでどうしたらいいかわかりません。取り敢えずは姉たちが住んでいた部屋を使ってもらうことにしたのです。

その時、母は私の元へ来るのは当たり前だと思ったのでしょうか。その事で私が肩身の狭い思いをする事は思ってもいなかったのでしょうか。「あの賢い母が何故わからなかったのか」と思うと今でも不思議に思います。それでも父が迎えにくるまでの何ヶ月間を一緒に過ごしました。

私は結婚生活を始めるにあたって、私たちの給料が一体幾らなのかも知らされてはいませんでした。夫は自分たちが生活していく上で必要なお金が一体いくらなのかという事も全く考えてはいなかったのです。私たちの給料はまず生活に必要な金額を与えてもらっているという感じでしかありませんでした。そして必要に迫られたときに給料を上げてもらう方法しかありませんでした。この事は私は兄家族に養われているという思いが私の中で渦巻いていました。この状態は夫が独立するまで続きました。

第一子を妊娠していた私は、出産を母に手伝ってもらい、無事長女を授かりました。まもなく、父が母を迎えに来て、母は父の元へと帰って行ったのでした。

　母が帰った翌日のことでした。夫の態度に私は何か違和感を感じたのです。夫は母が帰ったことについて、何一つ私に聞こうとしないのです。

「帰ったのか？」とも「なんできたのか？」とも一度も聞くことはありませんでした。それよりも、夫は母がいた時に母に一度も挨拶さえしていなかったことに気がついたのです。出産の時に母に世話になったことさえ礼を言うことはありませんでした。母が帰った後の、夫の態度にも母がいたというそぶりは何処にもありません。夫にとって、母はいなかったのも同然だったのです。

新しい生活　母の二度目の家出

　結婚して一年六ヶ月経った頃のことでした。当時、大阪に支店があったのですが、そこの従業員が大金を持ち逃ししてしまったのでした。その事により夫の家族の商売は倒産に追い込まれてしまったのです。そこで夫の家族は新しい土地で商売を始めることにしたのでした。

　室内装飾の工事部門とインテリアショップを始めたのでした。そこでの私の仕事は、接客とカーテン縫製でした。住まいは店舗の二階に夫の両親と兄夫婦、そのとなりに私たちの住まいがありました。私たちの住まいは六畳二間と狭い台所でした。やがて、息子が生まれ私たちは四人家族となったのです。この息子の誕生に問題があったことを私は知りませんでした。私の妊娠を知った夫の母が
「まだ二人目を産むのは早いから堕ろすように言って欲しい」
と母に言ってきたそうです。でも母はそれはおかしいと思い、私に言うことはなかったので、私は無事息子を出産する事が出来たのでした。そして今、私は息子たちと一緒に住んでいます。

新しい住まいに越した頃、母が二度目の家出をしてきました。母が来たことで、私はまた肩身の狭い思いをする事になるのでした。母に悪気は無いのです。娘が夫婦喧嘩をして親元へ帰るのと同じような事だと思うのです。ただ、私の場合は嫁いだ身だということです。

そんなある日のことでした。母が強い腹痛を訴えて来たので慌てて病院へ連れて行ったのです。「盲腸炎です」という診断ですぐに手術になりました。しばらくして先生が慌ててこられて「診察ミスでした。胆嚢が盲腸の辺りまで下がって来ていたので、改めて明日、もう一度手術をします」ということでした。母は二度の手術をして無事私の元へ退院してきました。勿論父の元に帰ることはありません。

母が退院して三日目の事です。夫が
「おふくろさんに、出て行ってもらってくれ」
と言うのです。思わず私は夫の顔を見上げました。二度も手術をして、それも退院をして

たった三日しか経っていないと言うのに、夫は母に出て行けと言うのです。その時、母は六十六歳でした。夫にしてみれば狭い家に病人がいる事が嫌だったのでしょうけれど、病後の母に対する思いやりなど全く感じることなど出来ませんでした。でも私は母に言いました。「彼が出て行って欲しいと言っているのだけれど」と。

「そんなことを言う夫だったら別れてしまえ」と今だったら周りから言われるでしょうが、その当時は、まだ、そんな時代ではありませんでした。

また、私も詳しい事情など恥ずかしくて他人に言うことなど出来ませんでした。

幸い、従兄弟が面倒を見てくれることになり私は安心して母を従兄弟に任せたのでした。

その時の夫の態度は一度目の時と同じで、昨日まで母がいたことなどみじんも感じさせないものでした。

従兄弟の元で元気になった母は、叔母に見つけてもらった新しい家に住むことになりました。そんな母を訪ねて行くのは、私にとってはとても楽しいことでした。母も最初から私の元へ来ないで新しい場所で新しく生活をしていたならば、母も、夫も、私も無駄な神経を使うことも無かっただろうと今は思います。

母が私の家から出て行っても、夫の家族からは母が出て行った事について何の質問もありませんでした。もし聞かれたとしても、「夫が出て行って欲しいと言った」と言う事が出来たかと言われれば、それは出来なかったと思います。私にはまだそれだけの力は無かったからです。

夫から母への嫌がらせ

夫の両親が新築をして引っ越しをしたことに合せて、私たちも借家の広いところを借りたのです。六畳の洋間と和室、四畳半の和室、そして四畳半の台所でした。これなら母も呼べると夫の両親たちも了解してくれたこともあり、今回は安心して母を呼んだのでした。六畳の和室を子供たちと母の寝室に、洋間は居間に、四畳半の和室は私たちの寝室に使うことにしました。子供たちは母と一緒のことを喜び、また母が仕事するために行動するにはとても便利で言うことはありませんでした。と、思ったのです。

ところが、早々から問題が出てきました。四畳半の台所は家具を入れると一杯一杯です。小さい食卓に五人が座ると少し窮屈になります。夫は言ったのです。「何で俺はお前のお袋の前で、飯を食わないといけないのだ」と言い出したのです。これが夫の第一声でした。翌日には母の席を子供と入れ替えました。しかし小さい台所です。夫は絶えず不機嫌な顔で食事をすることになったのです。

ある日、うっかりして夫の箸と母の箸を置き間違えたのです。夫は烈火のごとく怒り出しました。そして食事の器を持って居間で食べはじめたのです。その時、具合の悪いことに夫のスープに髪の毛が入っていたのです。夫は小さな机をひっくり返したのです。スープはひっくり返るし、床の掃除も大変でした。

「何か食う物を買ってこい」と言われ巻き寿司を買いに行ったのですが、当時はまだ夜遅くにまで開いている店舗などありませんでした。寿司屋の巻き寿司一本でも私たちの家計には不釣り合いのものでした。泣きながら買いに行ったのでした。こんな食事状態で子供たちが楽しく食事などした覚えなどなかったと思います。

自宅に帰ってみると、友人が来ると言って夫はとても嬉しそうでした。友人が帰った後、夫は今までのことは無かったかのように機嫌が良いのです。ひっくり返した机のことも、箸が入れ替わっていたことも、夫にとっては遠い過去のことでした。アスペルガー症候群は、自分の欲しいものが手に入るとその前に起きたことは人にどんなに迷惑をかけていても忘れてしまうそうです。

その当時、夫は週三回は麻雀に出かけていました。夫が麻雀に出かけたときは、私にとって心配をすることもなく楽しく食事をすることができるのでした。他の家庭とは大きく違うことかも知れません。

夫から母へのいやがらせは、度々のことで、その度に、私の体重は一週間に二、三キロは痩せたものです。そばから見ても私が痩せた事はわかる程でしたが、夫は何ひとつ気が付いてはいませんでした。私の顔など見ていることなど無かったのだと思います。夫の母は気がついて「何かあったの？」と聞いてはくれましたが、母が夫に忠告してくれるとは思っていませんでしたので、理由を言うことはありませんでした。夫は小さい時からわがままだったので、とても母のいうことなど聞くことはないだろうと思ったからです。兄たちも気が付いていたとは思いますが、気が付いている素振りなどありませんでした。

休みの日、夫は子供たちを連れて遊園地へ行こうと言います。「行こうか」ではなく「行こう」なので反対はすることはできない方法へもっていくのでした。でも、私の財布の中にはたいしたお金は入っていません。夫にとっては行くことが重要な事で、お金があるかどうかは問題では無かったのです。そんな夫に尋ねました

「お母さんも一緒に行ってもいい？」と聞くと

「連れてなんかいかん」と言うのです。私は三つ指をついて夫に頼みました。

「お母さんを連れて行ってください」と頼んだのでした。どんなに情けなかった事か今でも忘れません。

結局は母が全てのお金を出してくれたのです。でも、夫からお礼の言葉はありませんでした。感謝のかけらもなかったのでした。お金を出してくれた事さえ知らなかったのでしょう。

本当に腹が立ちましたが私たちは喧嘩をする事はありませんでした。私が喧嘩そのものを好まなかったからです。しかし、果たして喧嘩をしなかったのが正解かどうかはわかりません。もっと、もっと喧嘩をして私の意見を言えばよかったかも知れません。今になってはわかりませんが。

そんな中、母が言いました。

「もう、別れなさい。あんたと子供たちは私が面倒を見てあげるから」

私は夫に言いました。

「もう、別れよう。私は今すぐ出て行くことは出来ないから、取り敢えず以前の住まいに行ってちょうだい」

「そんなこと言うな。悪いところは直すから」

夫は今を生きているので以前のワガママなど何も気にしていないのでした。しかし、「母を大事にしてくれなかった」と私には言うことができなかったのです。母には申し訳なかったのですが、この時、はっきり別れるだけの勇気はありませんでした。

自分だけの世界

夫と母との関係がうまくいかないことは、私にとって大きなストレスを強いることになりました。しかし、誰に相談することもできませんでした。こんな夫と結婚したことを話すのが恥ずかしかったのです。私のプライドもあったのかもしれません。ましてや、母に愚痴ることなどできません。また、家で泣くのは子供たちに心配をかけるので出来ません。

そこで、私は夫が仕事から帰った後、その車を使って泣き場所を探しに行くのです。二時間ほどかけて気持ちを落ち着かせては帰るのでした。「このまま、どこかへ行ってしまいたい」と思ったことも一度や二度ではありません。しかしながら、子供や母を置いて行くことなど出来はしません。私の帰るところは子供や母のところしかありませんでした。

帰ってみると、家では夫が一人で楽しそうにテレビを見ています。その姿は、私に奇妙なものを見たような感情を抱かせました。夫が一人でテレビを見ているということは、どこの家庭にでもあることだと思いますが、私の目にはこの夫の様子は少し異常に見えたのです。

私が帰ったのに

「どこに行っていたのか」とか

「何をしていたのか」

ともいっさい聞くことはありませんでした。別に怒っている訳でもないし、攻めてくることもないのです。私が帰ったことさえ気が付かないことも多かったのです。私が声をかけることの方がおかしいような気がするのでした。翌日になっても、夫は私が出かけたことを聞くことはありませんでした。このように私が家を出て泣くなどと言うことは一ヶ月に一回位はあり、それが何ヶ月も続きましたが、夫に変化は一度もありませんでした。

夫は自分だけの世界にいて周りの空気を読むことができなかったのでしょう。

夫にとって一人でいることは何の問題もなかったのです。

これらのことがアスペルガー症候群の一つの性質だと言うことも後にわかったことでした。

母が出て行く

ある日、母は夫の嫌がらせに耐えきれず、私たちの家を出て行くことに決めたのです。夜遅くに、風呂敷に身の回りの小物を包んで出て行こうとしています。そして心配する私に言ったのでした。

「今夜はどこかに泊まって、明日県庁へ行って相談してくる」

との事でした。私は母に出て行かないように説得する事はできませんでした。これ以上母がここに居ても嫌がらせを我慢するしか無かったからです。

翌日、母は県庁に行って県の老人ホームを紹介してもらい、そこで本当に穏やかな生活を手に入れたのです。私自身も夫の家族に気を使うこともなく、落ちついた生活をすることができたのでした。この時が母にとって一番良かったと、後に母は言っていました。

しかし、夫の両親にとっては、老人ホームに入ることなどとても恥ずかしい事で、私に「老人ホームに入るなんて。裏の借家（とても汚い借家）に住むように言っておいで」と言うのです。夫の両親にとっては世間体がまず一番でした。母にとっての生活は二の次でした。「自分の子供のせいでこうなったことなど聞きもしないで」と母と二人で言ったものです。この時も、夫は母が何故出て行ったのかと聞くことはありませんでした。また、母がいなくなって清々したという態度も無いのです。夫にとって母がどんな存在だったのか、今ではもう聞くことは出来ません。

今になって一つわかることは、明治生まれの母は自分の身を小綺麗にする事など無かったことが気に入らなかったのでしょう。仕事柄、新しい着物を作ることはなんでも無かったと思うのです。でも、もし母が自分をもっと小綺麗にしていたら夫との関係も良かったのかも知れません。夫にとって一番は何事も整理出来ていること、そして綺麗であることが一番だったのです。

夫の浮気

夫が浮気をしているのでは、と気付いたのは無言電話が入るようになってからでした。私が出ると相手は何も言わないのですが、夫に変わると話をしているのです。そして、夫は、

「用事が出来た」

と言っては出かけて行くのでした。ある日のこと、また無言電話がかかってきたのです。良く聞いていると電話の向こうに聞こえる音で、電話の主がわかったのでした。浮気かもしれないとは思っていましたが、それが現実のものになった時、私は身体中が震えました。やが

てそれは夫の家族も知る事となりました。夫の商売の材料を、彼女の倉庫を借りて保管していたのです。それを考えると、夫の浮気は随分前からだと言うこともわかりました。そんな事とは知らず、私たちは彼女の家族とキャンプに行ったり一緒に遊ぶこともあったのです。夫と彼女はそんな私たちを笑っていたのかも知れません。

　夫の家族が知ることとなったことで夫は彼女と別れなければならなくなったのですが、夫は何一つ詫びれる様子もなく、また実に簡単に、未練一つもなく別れたのです。彼女から届いた「脅迫状」さえも私に見せて「どうしよう」と相談してくるのです。これは子供が母親に頼るのと全く同じだと思いました。呆れるより「バカバカしい」とさえ思ったのです。後でアスペルガー症候群の人は「浮気をすることがちっとも悪いこと」だと思っていないのを知りました。したがってアスペルガー症候群の人は浮気を繰り返すそうです。この時、浮気を離婚まで持って行かなかったのは、その当時はまだ愛情が少しはあったのかもしれません。しかしそれもここまでの事でした。

　夫が十二指腸潰瘍で入院した時のことで

す。見舞いに行って私の見たものは、一本の赤いバラを持って見舞いに来ていた浮気の相手でした。そして勝ち誇ったような顔で私を見るのでした。夫も実に楽しそうに話をしています。その顔は私が見たこともない笑顔でした。後で攻める私に

「もう別れたんだからいいじゃないか」

と全く何の問題もないではないかと言う態度でした。夫の方から電話をしなければ彼女が来るわけは無いのですから余計に腹が立つのでした。この様子を見た後で自転車をこぐ私の足は震えていました。

しかし、夫の浮気はこれだけには終わりませんでした。入院中に親しくなった看護師さんとデートをしていたのです。その日は日曜日で、家族からは仕事もしないでどこに行ったのかと問われましたが、私は知らなかったのです。それがわかったのは、デートの写真を無造作に食卓の上に置いてあったからです。尋ねる私に「何んでもない」と答えるだけでした。

また、別の日に机の上に封筒が置いてありました。中身を読んでみるとラブレターのようでした。尋ねる私に「関係無い」の一言です。そう言うものが机の上にあり、私が見ると気分を悪くするなどと言うことは全く気にしていないのでした。人の気持ちを推し量るなどと言うことは全く出来ないのです。これもアスペルガー症候群の一つだという事でした。夫の場合は少し問題が大きすぎたとカウンセリングの先生は言われました。最初の彼女とはその後も連絡を取っていたようでその話の内容まで私に教えてくれるのです。これを機に夫に対する愛情はなくなったのでした。

夫が独立をする

夫の両親たちは大きな立派な家を建てました。私たちもそれなりの家が欲しくなります。そうすると夫の父は言うのです。

「お前らの家ならそこら辺に建売があるじゃないか」と言うのです。夫の父はおかしい所があると、私は何時もそう思っていましたが

「お前らの家は何でもいい」

と言われて納得する人がいるでしょうか？　反対に「どうしても、いい家が欲しい」と思うのが当たり前ではないでしょうか。

夫が三十四才の時、私たちはとうとう家を建てました。自分たちで図面を引いて欲しい家を建てたのです。母の部屋も作りました。ここでの母との争いは起こることはありませんでした。家も広かったので、母と一緒になる事も少なかったからです。この頃から母は体調を崩すことも多く、入院生活をする事が多くなりました。

新居ができた事で、夫の独立の夢は益々大きくなっていきました。両親たちに独立したいと言いたいのだけれど、なかなか言い出せないでいました。ところがそのチャンスが向こうから来たのです。ある日のこと、仕事から帰った夫が、私に言ったのです。

「今日、親父たちに独立する事を言ってきた」と。夫の話を聞いたところによると、父と兄が夫を呼んで言ったそうです。

「お前らの土地と建物を担保に出せ。銀行に融資を受けるのに必要だから」

と言ったそうです。それも応接セットに深く腰を下ろし、テーブルの上に足を乗せて言ったということでした。余りの態度に腹が立ったのでしょう。

「あの土地と建物は、おれたちが独立するときの担保に必要なので、出すわけにはいかない」と言ったということでした。父と兄は大変びっくりしたと思います。私たちの生活は兄の稼ぎの上に成り立っている、と夫の家族は思っているので、弟である夫は父と兄には絶対服従であるべきと考えるからです。事実そうだと私は今でも思っています。しかし私たちにもモノを言う権利はあると思うのですが、現実はそうはいかないことが多いのです。しかし、夫はここでやっと自分の夢を叶える事ができるのです。父と兄に呼ばれて私も賛成しているのかと聞かれたのです。私は言いました。

「お兄さんたちと一緒にいた方がいいと思いますが、私は彼の妻です。彼について行きます」と言ったのです。これで私たちの独立は決まったのでした。

それからの兄たちは大変だったと思います。それだけの担保を出してくれる人などそう簡単にはいませんから。特に兄嫁には恨みのこもった目で見られる毎日でした。母も同じでした。しかし、担保の件に関しては私たちに何の相談もなしに、決めてもいいものでしょうか。普段から兄と夫はソリの合わない事が多く、私は気を揉む事が多かったのです。兄の方が出来がいいため、弟である夫は絶えず父にないがしろにされる事が多かったのです。そんな時、父が私に言いました。

「銀行の支店長に、お前が独立する事を言ったら「いい事だ、頑張れ」と言っていた」

と言うのです。融資をする銀行がそんな事を言うわけがないはずです。夫の父はその時に一番都合のいい嘘を言う癖があります。この時は私たちに良い父親を見せようとしているだけでした。私はこれまでもそう言う場面に遭遇してきたのでわかるのです。また、今回も都合のいい事を言っていると思ったのです。そこで、夫にいいました。

「お父さんはああ言っているけれど、支店長がそんな事を言うはずがないのだから支店長に確かめてきてよ」と言ったのです。しかし、夫は
「いいから、いいから」

と言って私の前から逃げたのです。私は「相手にするな」と言っているのかと思ったのですがそうではありませんでした。夫は難しいことから逃げたのです。その表情はそれを物語っていました。私には男げのない情けない顔に見えました。私が銀行へ行こうかと思いましたが父の手前もあり我慢したのでした。

やがて、夫の家族から離れる日がやってきました。それまでの数日間は全く針のムシロでした。辞める以上は仕事に行かなくても良かったのでしょうが、私が仕事をすれば少しでも役に立つと思ったからです。私の思い上がりだったのでしょうか？　その間、兄嫁も母も口をきいてくれる事はありませんでした。兄の

「あいつに、仕事なんか出来るわけがない」の言葉を花向けに私たちは新しい道に進んで行くことになりました。

私たちが辞める事になった怒りの矛先は子供たちにも及びました。スーパーで兄嫁に会うことがあるらしいのですが子供たちが言いました。

「お母さん、あのスーパーにはもう行かないようにしよう」と言うのです。スーパーに行って見た兄嫁の顔はさながら般若の面でした。子供が怖がるのも無理ないと思いました。息子が挨拶をしても無視するとも言っていました。私たちを憎むのは仕方ないにしても子供には責任が無いのにと思ったのでした。このことがあってその後娘は兄嫁のいるところには絶対に行く事はありませんでした。

独立した私たちの耳に入ってきたのは、事務所に来る人に見境なく夫の悪口を、ある事無い事言いまくった父の事でした。相当酷いことも言っていたらしく何と言ったかを教えてくれる人はありませんでした。

「会長は本当のお父さん？」と言う言葉が返ってきたくらいですから。

この事もあり私たちと兄の家族との溝は修復出来ないほど深くなったのでした。

独立してから

独立した時、夫は得意先を貰って出たおかげで売り上げもあり順調な滑り出しでした。私はといえば、誰に遠慮もなく、自由な時間を趣味の洋裁や編み物で楽しむことが出来ました。この僅かな時間は私たちにとって一番穏やかなひと時でした。

中学二年生の息子が朝のテレビ番組を見て言いました。

「お母さん、あれやろう」と言ったのです。何を言っているかと思うとテレビ番組で留学生のホストファミリーを募集していたのです。以前、私たちは三週間留学生を受け入れたことがあったのです。その時、息子は楽しかったのでしょう。

「お父さんに相談してからね」夫もその時が楽しかったのでしょう

「うちは医者でもないし弁護士でもない。うちに来る事はないと思うが、申し込んでみたらいい」との事でした。私もそう思いましたが、取り敢えず電話をしてみました。夕方でしたが、朝の番組なのに一日中一件の申し込みも無かったと言う事でした。案内を送って貰ったのですが年間プログラムの受け入れは、学校関係以外のものは全て私たちが、面倒を見ると言う事でした。「家族が一人増えたと思えば大丈夫だ」と言う夫の言葉に受け入れの申し込みをしました。これは私たちが独立したことで出来た大きなイベントでした。これを機に、外国人の受け入れを何件もして楽しい経験をさせてもらいました。

この間は、私は嫌なことも忘れて楽しむことが出来たのでした。

独立をしてから夫は自分の家族から解放された事で生き生きとした場面も見られました。

しかし、これから後は楽しいことばかりでは無くなりました。夫は現実を直視する事なく社長と言う名に溺れていったように思います。

母の死

ホストファミリーとして楽しいひと時を過ごしていた私に悲しい知らせがありました。

「お母さんが亡くなられました」と夜中に連絡が入ったのです。私が三十八歳の時でした。

前日の夕食の世話をしている時にはまだ元気で私と話をしていたのです。信じられませんでした。

「今日は胸が苦しいわ」と言ってはいたのですが、元気で話もしていたので、そんなに深くは考えていなかったのです。あとは付き添いさんにお任せして帰ったのでした。連絡があって慌てて病院へかけつけたのですが、もう母は冷たくなっていました。付き添いさんは眠っていて、気が付かなかったのだと思います。そのくらい母は静かに息を引き取りました。付き添いさんを責めても仕方のない事で、その場で帰っていただいたのでした。母の顔はとても穏やかで、それが私の一つの救いでした。

母は葬儀屋にたのまないで私たちで連れて帰ることにしました。小さくなった母を抱いてくれたのは息子でした。私には出来ませんでした。息子には本当に感謝しています。夫の車で帰ったのですが、夫は母が元気なときは、あれほど車に乗せるのを嫌がっていたのに家まで連れて帰ってくれたのです。

夫の家族とは溝がありましたが、母は亡くなったのです。他の時とは事情が違います。やはり連絡はいるだろうと思いました。ダイヤルを回せなかった私は夫に頼みました。夫が連絡した時兄が電話に出たそうでした。

「そんなに悪かったのか」と返事があったそうです。翌朝、夫に念のために夫の姉に母が亡くなった事を伝えてもらいました。姉から折り返し連絡があり
「昨日、夜中に電話があったけれど、誰から電話がかかったのかわからなかった」と兄は言っていたそうです。

「手伝いが欲しかったらあなたたちの方から電話をするのが筋だからと、お父さんが言っているから電話をした方が良いよ」とのことでした。夫の父の言う事は何処かおかしい。私たちは無視することにしました。

母に世話になったからと、従兄弟たち親族が大勢が集まってくれました。母の死は夫にとってどんな意味があったのでしょうか。しかし、母の葬儀は夫が良く段取りなどしてくれ

ました。あんなに嫌っていた母なのに何がそうさせたのか私はわかりません。そして葬儀は滞りなく終えることが出来ました。

　葬儀の朝、夫の母から電話がありました。

「今日は詩吟の会があるから線香をあげには行かれないから」と言うことでした。その時、十分もあれば線香をあげるくらいは出来ると思う処を車で通っていたのでした。母の死後、夫の家族との溝は益々深くなったのでした。

カーテンの縫製　指を縫う

　夫の家族と仕事している時の私の担当は、動力ミシンを使ってのカーテンの縫製と、接客でした。独立してからは夫が契約をしてきたカーテンを、縫うことと事務。しかし、これは毎日のようにある仕事ではありません。そんな時、縫製をしているのを知った業者の方の紹介で、カーテン縫製の仕事を手に入れたのです。この仕事は現金収入として、私たちが日々の生活をする上で、とても貴重な財源になったのです。毎日、夜遅くまで兎に角一生懸命働きました。そんな私に夫は
「ガンバってくれてありがとう」とは言いませんでした。

「カーテンを縫うのやめろ」

と言うのが毎度の事でした。何故だかは聞いてみませんでした。聞いて理由を言うよりも、怒ることとの方が先だろうと思ったからです。プレハブ倉庫での動力ミシンの仕事でした。それも夜遅くまでしていましたので、近所迷惑だったかもしれません。ですが私から見れば、妻を働かせているのは社長として沽券にかかわる、と思っていたのではないでしょうか？

そんな私を横目に週三回の麻雀をやめる事はありませんでしたし、仕事のない日にはパチンコに行くようになっていました。挙げ句の果て、お金がなくなると電話をかけて来るのです。

「銀行から金を出してきてくれ」とまで言うようになりました。

得意先を回ることもなく昼、夜と遊ぶようでは先が見えないのも当たり前だと思うのでした。でも、本人には最後まで商売がダメになった原因がわかってはいなかったようです。私は誰かに相談したくても、恥ずかしくて出来ません。その頃にはまだ「発達障害」についての情報もありませんでした。

こんなアレやこれやに悩み、心ここにあらずだった私はミシンで親指を縫ったのです。針は三本に折れていました。真ん中の一片が指の中に残っていたら大変と思って病院へ行くことにしたのです。事務所にいた夫に状況を説明をして、病院へ行くことにしたのですが、夫はあまりビックリした様子もないようで

「病院へ連れていってやろうか？」

と言う言葉もありませんでした。レントゲンでも針が残っていることはなかったので激しく疼く指でやっと車を運転して帰ったのです。

しかし夫から「どうだった？」と聞くことはなく、私から説明するのみでした。心配していないのか、興味がないのか、もしかしたら自分がどんなリアクションをしたら良いのかわからなかったのかもしれません。コレも今ではわかりません。

しかしながらそこには期限の迫った仕事があります。疼く指をかばいながらミシンを踏んだのです。

そんな私を残して
「麻雀に行ってくる」

と言います。

「今日は行かないで。お願いだから」と言う言葉を無視して麻雀へ行ってしまったのです。夜遅く帰ってきた夫は、仕事場を覗いて申し訳なさそうに笑うのでした。こんな夫はほっておいて離婚をする事は出来たでしょうが、二人の子供はまだ私を必要としていると思うとそれさえ出来ませんでした。

夫の笑い

私は町内会婦人部長として二年間務める事になりました。毎月一回の定例会を開かなければなりません。その為の書類も作らなければなりません。その日はギリギリまで事務所で仕事をしていました。その為、準備も思うようにできていなかったのです。

夫は私が役員になったことが気に入らないようで、役員会に出ることさえ何故か快く思っていないようでした。その日も出る間際になって用事を言い付けるのでした。それをすましてから出かけると遅れるかもしれないと言う状況でした。それは夫がしてもなんの問題もない仕事です。夫は私を遅らせる為だけにさせたのでした。ふと振り返った私の目に飛びこんできたのは夫の不敵な笑いでした。「してやったり、ざまあみたか」の思いが全て出た笑いでした。その顔には嫌悪さえ覚えさせるものがありました。

婦人部長の役は夫よりも立場が上になると言う事で夫はそれが気に入らなかったのでしょう。しかしその後のこと、夫の推薦で二つの大きな役を引き受ける事になったのです。自分が推薦をしたと言う事で今度は夫は自分が私より優位になったからなのか気持ちよく手伝いをしてくれたのです。これもアスペルガー症候群の一つの性質があるように聞きました。

夫とのドライブ

夫は私をよく仕事に連れて行きました。私は一緒に行きたくはありませんでした。何故なら、車の中で夫との会話などなかったからです。私と一緒に行くと、一人で運転する必要が無かったからです。私が運転するときは、夫は寝ています。夫が運転するときはラジオを聞いています。会話などほとんどありません。

そんな時、ふと思ったのです。夫婦だから黙っていても、会話がなくても大丈夫なのだ、と。でもそれは間違っていたのです。夫にとって会話は必要なかったのです。一人で運転するときはラジオが友達だったのです。二人で行くから楽しいのではなく、一人で運転しなくてもいいだけのことだったのです。仕事をするときでも会話をする事はありませんでした。なので一緒に仕事に行きたいとは思った事はありませんでした。

その当時夫の所属していたライオンズクラブでは、夏とクリスマスにファミリーパーティがありました。会場では楽しく皆さんと話をしているので、私たちはオシドリ夫婦と皆さんは思っていたようです。でも、そんな会場でも二人だけで話をした事は無いのです。帰りの車の中で、その日の感想など話したことなども無いのです。夫と話す事に私は疲れていたのだと今は思います。夫婦で楽しく会話をしている方たちを見ても、「どうしてあんなに話をする事があるのだろう」と思うことしか出来ませんでした。

ヘルニア　離婚の危機

結婚二十周年になる年に大きな出来事が次々に起きたのでした。夫が得意先で業者仲間と話をしていた時、話の流れから、社長が夫に対して

「お宅は奥さんで持っているね」

と言われたそうです。そう言われるのも仕方のない事だと私は思っています。

集金に及ばず、他の用事があれば私に行かせていたのですから。男性ばかりの忘年会にも出席したことさえあります。そう言う席に女性が一緒で話など出来るわけもありません。夫にはコミュニケーションを必要とする場所に行く事は苦痛だったのでしょう。無意識のうちに私を行かせたのでしょう。そして何時も言うのです。

「お前なら出来る」が口癖でした。

私たちのように小さい会社は、特に社長同士の関係を密にしておくことは大切だと思っています。その役目を私にさせるのですから社長が言うのも無理からぬ話です。

帰ってきた夫は、その言葉がどんなに自分のプライドを傷つけたかと言って私を攻めてき

たのです。他の業者の前で恥ずかしい思いをしたと言うのもあるかもしれません。私は反対に感謝して欲しいと思っているのだから、社長の言葉を否定はしませんでした。夫はよほど腹に据えかねたのでしょうか、夜寝ている私を布団から蹴りだすのです。私が布団へ戻るとまた蹴りだすのです。なんと情けない事をするのでしょう。その夜から布団を別々にして寝ることにしたのです。考えてみると夫のする事はなんとバカバカしい事でしょう。そのとき、本気で思ったのです。こんな事をする夫と一緒にいても仕方がないと思ったのです。考え方がまるで違うのですから。

もうこれは離婚するしかないとそう思ったのでした。

時を同じくして、息子が留学の為の試験を受けたいと言ってきたのです。その中に、両親と揃っての面接がありました。こんな大切な時に離婚したのでは息子に申し訳ないと思い、この面接がすんでからにしようと思ったのです。

また、息子は中学一年生の時から新聞配達をしていました。同時に少林寺拳法も習っていました。息子は新聞配達の給料で、こづかいや月謝等を全て自分でまかなってくれていました。練習が遅くなるとどうしても朝起きるのも大変です。そうすると販売所から電話がかかってきます。それが早い時間なのは仕方がありません。

「電話なんか鳴らせないように朝きちんと起きるように言っとけ」

と言うのです。夫は頑張っている息子を褒めるどころか、朝早く鳴る電話のベルの事を責めるのでした。「全く情けない」と思ったのでしたそんなことがあった時でした。また電話が鳴ったのです。夫を起こさないように慌てて起き上がったとき、腰が大きな音がしたのです。ぎっくり腰になったのでした。ゆっくり歩けた私は病院へ行こうと思いました。

「病院へ行って来るわ」と言った私に

「一人で行けるのか」

と聞いてはくれましたが、私の様子を見てくれてはいませんでした。結局一人で病院へ行ったのです。レントゲン一枚撮るにも歩くことできない私には大変な事でした。奥さんが御主人の車椅子を押しているのをみて羨ましく思ったものです。夫は自分が病院へ行くことがあるとどんなに軽い時でも一人で行く事はありませんでした。こんな時、夫にとって私は母親になるのです。

診察の結果は

「このままヘルニアになるでしょうね」ということでした。家に帰っても夫の方から様子を聞く事はありませんでした。私が結果を話すだけでした。

「大変だったな」

という言葉さえありません。ただ頷くだけでした。結局そのままヘルニアに移行してしまったのでした。入院しての治療法を聞いてみると

「ベッドで足に重りをつけて一ヶ月間、引っ張るだけです」

と言われましたが、それでも治る事はなさそうでした。一ヶ月入院でもその間、夫の顔を見

なくてもすむのならと思い、十二月十日の入院を決めて帰ったのです。入院までに受けている仕事だけはすまさなければと思い、痛い腰をかばいながら仕事をしたのです。結局はこの時点でカーテンの縫製の仕事はやめにするしか仕方がありませんでした。

やっと運転のできる私を集金に連れて行き、帰りは麻雀荘で降りると

「後は一人で帰ってくれ」

と言います。集金ではなく雀荘までの運転手。その時は熱も三十八度あったのですが、私の様子など見ていない夫には何もわかってはいません。その日食事の支度をしている私を見て

「ご飯はいいからもう休んどけ」

と息子に言ってもらって始めて休むことができたのです。

入院を前にしている私に、以前我が家にホームステイをしていた娘さんから

「日本へ友人と遊びに行きます」

との手紙が届いたのです。彼女の予定はわかりませんでしたが、入院を取りやめにするしかありませんでした。

彼女は年明けに我が家にやって来ました。娘の成人式がすむまで滞在して欲しいと頼みました。ヘルニアの痛みを隠しながらのおもてなしでしたが私にとっては大きな息抜きになりました。そして楽しい何日かを過ごしたのでした。

翌年、彼女から結婚式の招待状が届いたのです。結婚式のためにオーストラリアを訪問した私は一生の素晴らしい思い出を作る事ができたのです。

一番楽しかった思い出

長い夫との生活の中で、なんと言ってもいちばん楽しかった思い出はニュージーランドとオーストラリアへの旅行でした。丁度バブルの時期で至る所が仕事で溢れていた頃です。仕入先が仕入れ金額に応じて、ニュージーランドの往復切符か片道切符を提供しての招待旅行があったのです。夫の事業も忙しく仕入れ金額も順調で片道旅行代金で招待を受けたのです。お金もなくどこまで楽しめるかの不安はありましたが、頑張った夫に感謝して参加することにしました。

そこへ、オーストラリアから、娘の成人式に日本に来ていた彼女から結婚式の招待状が届いたのです。オーストラリアから、まさかの招待状です。夫はついでの時だから結婚式に行ったらいいと言います。ニュージーランドの旅行が終わってから一ヶ月後の結婚式です。

その間、一体どうすればいいのかわかりません。そんな時夫が言うのです。

「お母さんはホストファミリーで良くしたのだから、向こうで泊めて貰えばいいじゃないか」と簡単に言います。それでも、と思い彼女に連絡をしたところ、彼女がその間の予定を全部組んでくれたので安心してオーストラリアへ行く事が出来たのでした。

オーストラリアでは皆さんにとても良くしてもらいました。フィアンセのお父さんが初対面の私を二泊三日のドライブ旅行に連れて行ってくれたこともありました。

結婚式は田舎にあるレンガ造りの教会でおとぎ話のようにステキなところでした。結婚式もとても素晴らしく、沢山の写真も撮りました。娘さんの自宅の庭で開かれたパーティーは家族的雰囲気に溢れる楽しいパーティーでした。

楽しい期間も終わりに近づいてきます。帰国することを考えると憂鬱でした。空港に着いて一番に見えたのは案の定、苦虫を噛み潰したような顔をした夫でした。夫が勧めてくれた旅行なのにどうしてだろうと思いました。

楽しかった思い出は一瞬にして消えてしまったのでした。オーストラリアではハグをして歓迎してくれました。そして大きな荷物を私は持つ事はありませんでした。そういう生活を一か月してきた私にとって夫の態度は本当に悲しく思いました。その後も夫は私の荷物に手を触れる事はありませんでした。

　空港に着いた私には良い知らせと、悪い知らせがありました。良い知らせは娘が結婚相手を見つけた事でした。悲しい知らせは息子の無二の親友が一週間前に事故で亡くなったという事でした。私の楽しかった思い出は一度に萎んでしまいました。

　この後、私は家族の前で、旅行の話も、写真を見せることもありませんでした。そして、私の胸の中だけの楽しい思い出になったのでした。

　私の留守の間、事務所へ詰めてもらった友人にお礼を言いに行ったのですが、彼女は夫の態度に閉口したようで
「もう二度としないからね」

と言われてしまいました。

「よくあんな人と結婚したね。私ならすぐに離婚するわ」

とも言われてしまいました。彼女のことをよく知っている夫は、彼女の前でも私に見せた不機嫌な顔をしていたのかも知れません。

「トイレに行くのさえ我慢しなくてはいけなかったのよ」

　夫はここでも彼女に思いやりを見せる事は無かったようでした。彼女には申し訳なかったと思いました。と同時に他人の目から見た主人を知ることにもなりました。

怒りの爆発

普段から夫の言う事は大抵の事はやってきました。それでも夫に言わせば、随分文句も言ってはいたようです。

夫に言った事があります
「私のタンスの引き出しには、嫌なこととか腹の立つ事とかが一杯になっているから、その引き出しを開けささないでね」

「何を言ってるのかようわからん」

私の言っている意味がわかっていないようでしたが、とうとうその引き出しを開けてしまったのです。

我慢に我慢を重ねている事が爆発して私は夫を前にして、トコトン文句を言ったのです。息子の新聞配達の事もミシンで手を縫った事も、言い出したらキリがありません。そんな時、もっとビックリしたのが、夫はタダ黙っているだけだったのです。私は夫があまりわかってもいないと思ったので、一瞬殴り返されるかなとは思ったのですが、夫の頬を力一杯殴りました。すると、夫は殴り返すどころかポカーンとして私の顔を見ているのです。私の方がビックリしたのですが、夫を置いて私はその場を離れました。

後にカウンセリングの先生に、この時の状況を話したところ「ご主人は何故殴られたのか、理解できていなかったのだと思います。何か言ってこれ以上殴られたら困るので何も言えなかったのだと思いますよ」との事でした。このような状況に陥った事が二度ほどありましたがどちらも同じ状態でした。夫は小さい子供で母親に叱られていると同じ事だったのです。

娘の結婚　留学生の受け入れ　息子がオーストラリアに出発する

娘に彼氏が出来たということで、結婚式の準備を進めていくことにしました。また、その年に私たちは留学生の受け入れをすることにしていました。そして、息子はワーキングホリデイを利用してオーストラリアに行ったのです。私たち家族は忙しい時を過ごすことになったのでした。留学生はリサと言い十五歳の高校一年生でした。

私たちにはお金などなく結婚式はどうしたものかと思っていた所、会費制で友人たちが準備をしてくれると言う事でした。どんなにホッとしたことでしょう。

そんな折、私がオーストラリアでお世話になったフィアンセの両親が日本に観光に来るということで、それに合わせて披露宴をすることにしたのでした。友人たちが披露宴の招待状を出してくれたのですが、夫の家族は全員欠席の返事が来たそうでした。それを聞いた時、私は自分の顔色が変わるのがわかりました。これを機に私たちが甥や姪の結婚式に出る事はありませんでした。そして益々夫の家族とは縁遠くなってしまったのでした。でも、娘の結婚式は百人からの出席者で、楽しいひと時を過ごすことが出来たのでした。

そして、私は留学生のリサが「母さんは外国の人の受け入れをするのが一番だと思いますよ」という言葉で新しい生活を過ごす事になったのです。この後、私は十年近くの間に、イギリス、ブラジル、ドイツと八カ国近い人の受け入れをしたのでした。私にとってこの十年間は、長い結婚生活の中で素晴らしいひと時でした。もしこれが無かったら、私の結婚生活は虚しいもので終わった事でしょう。

リサの帰国が近くなった頃、夫に新しい仕事が入ってくる事になりました。夫はオーストラリアにいる息子に帰って来るように言ってくれ、と言うのでした。オーストラリアの生活も残す時間も僅かになったのに、おかまいなしに呼び戻せと言うのです。折角のチャンスを過ごさせてやろうなどと考えることも無いのです。私は夫が息子を呼び戻すのは自分の仕事をさせる為だと言うことがわかっているだけに腹立たしいのでした。夫には相手の事を思いやると言う事は出来ないのでした。これは息子に限った事ではありません。後にこれも病気の中の一つだと知ったのでした。そしてこの時の仕事は流れてしまったのです。息子の帰国は無駄になりました。

夫の仕事と私の手術

残念なことですが夫は本来仕事のできる人ではなかったのです。「大人の発達障害」そのままだったのですから。その当時はそのような障害のことなどわかろうはずもなく、何だかわからないけどこの人はダメだなと思うだけでした。まず、コミュニケーションが上手く出来ない為、営業が出来ないのですから新しい得意先を開拓する事さえ出来ません。先方から要望を出されても、話し合うことさえできませんでした。逃げるのみです。これでは得意先は無くなってしまいます。現にそれがために無くなった得意先もありました。

自分でやろうとしない仕事はドンドン増して行きました。図面を拾って見積もりをすること、現場へ行って採寸をする事、そして材料の発注をすることの多くが私の仕事となりました。産廃に行くのも何時も私でした。それも夫が付いてくる事はありませんでした。これは力仕事で、男の仕事なのにと思っていました。一度は雪の中で立ち往生をしたこともありました。女である事で現場の人が助けてくれたこともありました。帰って話をしても

「大変だったなー。すまなかった」

と言うわけでもなく只笑っていただけでした。アスペルガーの人は現場で突然なにかが起こるとそれに対処する事が出来なくなることがあると言う事でした。本能的にそのような場所

へ行く事を避けるのです。

私が出掛けると夫はパソコン相手に留守番をするのでした。その頃から夫の友達はパソコンでした。営業をするわけではなく、本業に関係ない仕事を探すのでした。その中のいくつかの仕事に実際手をつけたこともありました。その時は嬉々として取り組もうとするのです。しかし、どんな仕事でも営業は必要です。残念ながら夫には親しい友人がいなくなっていたのでそんな時には何時も私に言うのです。

「某さんと某さんを紹介してくれないか」

こんな調子では何一つ仕事ができるはずはありません。この事を指摘すると、夫は烈火のごとく怒るのです。そしてその次には私にその仕事を振ってくるのです。これが何時ものパターンでした。しかし、私がそれらの仕事を手伝う事はありませんから、やがて自然消滅になってしまいます。これらの為に余計なお金もつぎ込む事になります。本来の仕事がおろそかになっているかということなど、考えてもいないのです。子供が新しいオモチャを手にして最初は物珍しげに遊ぶのですが、やがてそれは忘れられてしまう子供のオモチャと一緒でした。私は大きな子供を持つ親と同じ状況に追い込まれたのです。

こんなおり、私は集団検診で子宮筋腫が見つかりました。そして手術をすることになったのです。手術そのものは怖いとは思いませんでした。夫のいないところに行くということが嬉しかったのです。その頃には一緒にいることがストレスになっていたのです。二十日間に及ぶ入院でした。手術のとき 私は先生の勧めもあり子宮と卵巣を摘出したのでした。「卵巣を摘出しましたが、四十六歳を過ぎるともう卵巣の役目は終わっていますよ」との事でした。元気だった私は更年期障害など考えたこともありませんでした。ところが退院直後から更年期障害に見舞われたのです。もう起き上がる元気もなくなりました。ところが、夫は退院をした私を喜ぶどころか苦虫を噛み潰したような顔をしているのでした。そしてそんな私に

「明日仕事を手伝え」

と言ってきたのです。その時の私には手伝うだけの元気はありませんでした。しかし夫はそんな事は御構い無しです。やっと仕事をすまして帰った私に夫は言ったのです。

「何だあの仕事は。モット根性を入れて仕事をしろ」

と言うのでした。この時は本当に身体がきつくて泣きたくなったほどでした。この後血圧が急激に上がり全てのことをするのが億劫になってしまったのでした。

娘夫婦を雇う

夫が独立した時には、事業をするのに必要な得意先、夫の担当していた得意先を持って行っても良いと言うことでしたので、最初の出発は順調でした。そこで夫は結婚したばかりの娘夫婦を雇ったのです。婿さんは夫と以前の仕事が同じ関係の仕事だったので良い得意先

を持っていました。営業能力も持っていたので、私としてはこれからは婿さんが会社を担ってくれると喜んでいたのです。ところがそれは大きな間違いでした。夫は婿さんに営業を任せるのではなく、自分がしていた職人の仕事をやらせるのです。夫はと言うとせっかく貰った営業先に行くでもなく、パソコンの前に座って無駄に時間を過ごしていただけでした。夫は大きな人材を潰してしまったのでした。前職を辞めさしてまで雇ったのに、今度は解雇です。本当に申し訳なく思いました。無論夫が婿さんに言えるわけもなく、私が話すのが当たり前のように私に頼むのでした。

私は婿さんに新しい職を探してもらうようにお願いをしたのです。幸い新しい会社では、持っていた営業能力を発揮する事ができ、給料もよくて安心したのでした。こんな調子では先行きが心配のなるのも無理からぬ話です。残念でしたが、最終的には私の心配した通りになってしまったのですが。

婿さんが辞めた後、今度は彼の友人を専属の職人として雇ったのです。本業が職人ではないので、戦力になるのは時間がかかります。それでもその事が夫にはわかってはいませんでした。私には心配の山でした。

私の自動車事故

名古屋に住んでいた息子のところまで荷物を持って行く事になった私は、娘や孫たちとワゴン車で一緒に出かける事にしました。阪神淡路大震災の後のことでした。神戸のあたりは混むだろうと、舞鶴を通って行く事にしたのです。

用事を済ませ、帰る事になったのですが、神戸の混雑は三十分くらいだと表示されていたのに、私はまた舞鶴を通って帰る事にしたのです。琵琶湖の北ですから、途中から雪が降ってきました。はじめての道ではあるし、雪の為前方は良く見えない状況になってしまったのです。その時点で折り返せばいいものを、どこかに出るだろうとタカをくくった私はドンドン進んで行ったのです。雪を知らない人間のすることだったのでしょう。朝通った道へ出ることもなく山の中へと入ってしまったのです。途中一台の車とすれ違って以後、他の車に出会う事はありません。さすがにこれはヤバイと思った私は引き返す事にしたのです。

道幅は車一台分でした。片側は石積みをした山肌、片側は木が沢山立っている急な斜面でした。ゆっくり走っていたつもりでしたが、雪でスリップした私は思わずブレーキを踏んでしまったのです。四輪駆動の車だったのですが使い方を知りませんでした。車は半回転をして石の積んである山肌へ突っ込んだのでした。そこへ、私たちとすれ違った方が連絡を入れてくれていたので、警察が駆けつけてくれたのです。車の方はもう廃車しかないほどに壊れてしまいました。シートベルトやチャイルドシートに守られて私たちは一人として怪我をする事はありませんでした。夫に電話を入れたのですが、受話器の向こうの夫は激怒しています。散々文句を言った後

「とにかく早く帰って来い」

とだけ言いました。無事に帰り着いた私たちを夫は凄い形相で睨んだ挙句、ものも言いませんでした。翌日、私は夫に言いました。

「確かに車を壊したのは申し訳ないと思うけれど、子供たちや私を心配する言葉は一言も無かった。信じられない」

と言ったのです。さすがに悪いと思ったのかしばらくして

「悪かった。申し訳ない」

と、謝ってきました。しかし、それでも私の怒りが収まる事はありませんでした。

夫にとって一番大切なものは何なのか私にはわからなくなってきたのです。

息子の帰郷　私の開業　そしてウツの始まり

名古屋で働いていた息子が

「岡山へ帰ってお父さんの仕事を手伝う事にする」

と言って電話をしてきてくれたのです。

本当なら喜ぶべきなのですが、その頃の夫の仕事は、息子に継がせるような状態ではありませんでした。その実情を私は息子に話す事は出来ませんでした。情けなかったからです。しかし、その時息子はもう会社を辞めていて事情を説明する事は出来ない状態でした。申し訳なく思いましたが正直もうどうすることも出来ませんでした。でも、息子が帰ってきた事で一番助けて貰ったのは私でした。

夫は息子が帰ってきた事で、今度は息子に自分のしていた職人の仕事を振るようになったのです。夫は益々、仕事に精出すことが無くなりました。こんな事では借金の返済すらできなくなります。それまでにもゴルフの会員券の購入、別荘地の購入、やめなさいと言ったのにどうしてもしてしまった株の取引。どれ一つとっても、仕事に関係するものはありませんでした。こんな事では借金の返済など出来無くなります。私は益々心細くなり、私が何かして、その儲けで借金を返済するしか方法がないと思ったのです。その為少しでも早く稼ごう

と思っていた私は、上手に私に取り入った男に騙されて飲食業を始めたのです。その時の私の希望は只一つ、その男の言った
「絶対儲かるから」

と言う言葉でした。

　しかし、工事をしていく途中で、自分のやらなければならなかった市場調査等、何もしなかった事を悔やむ事になったのです。その頃の私はうつ状態がだんだんとひどくなり、ゆっくり物事を考えることなど出来なくなっていたのです。そして涙を流して泣くような状況に陥っていたのです。しかし自分が病気という事などわかりません。

　飲食業を始めた事を後悔しましたが、今更取りやめる事など出来なくなっていたのです。やがて、オープンになりました。しかし、私にはもう店に立って仕事をする事など出来そうにありませんでした。それを助けてくれたのが息子でした。

「俺が手伝わないと、ダメだろう」

と言って店長として頑張ってくれる事になったのです。学生時代にビアガーデンでホールを任されていた経験もあって、よく気がつき、店を切り盛りしてくれたのです。オープンしてからも数々の問題に悩まされてきました。

　コックの滞在期間がもうすぐ切れるので継続のための手続きをしなくてはなりません。何も知らない私がするのだから騙した男、バングラデシュの男に手続きのやり方など教えて貰ったのです。しかし難しい事が多すぎて大変でした。入管の窓口では何度もやり直しをさ

せられ、叱られ、それでもなんとか認めて貰って滞在期間の延長が出来ました。やれやれと思っていたところへ、コックからパスポートを返して欲しいと頼まれたのです。バングラデシュの男から絶対パスポートを返してはいけない、と言われていたのですが私の判断で返してしまったのです。

そして翌日のことです。朝、店に出るとコックが来ていないのです。パスポートを手にしたコックは私たちの元から逃げてしまったのです。コックがいなくては店を開ける事は出来ません。取り敢えずその日は臨時休業の札を立てて店を閉めたのです。コックなどすぐには用意できるはずもありません。どうしようかと思っていたところへ、一本の電話がありました。

「コックがいないのですか？　一人手を貸しましょうか？」

と、全く知らない同業者の方がコックを一人紹介して下さったのです。もう感謝の一言です。早速彼は、翌日から私の店で仕事をしてくれたのでした。

元々私たちの店で働いていたコックはほかの店で働いていたところを、バングラデシュの男が勝手に辞めさせて私の店で働く事にしたようだったのです。前にいたところの社長が来て文句を言ったので、始めて色々なことがわかったのでした。そしてバングラデシュの男がいい加減なことをしていたことがわかったのです。

コックが出て行って三日目のことです。東京の同業者の社長から電話があって、私たちのところで働いていたコックが東京に行ったことがわかったのでした。コックたちは一番最初に働いていた社長が一番良かった事がわかって帰って行ったのだろうと思いました。そんなところへ新しいコックが、働かせて欲しいとやって来たのです。コックが二人になりました。そこへもう一人のコックが「正式に前の店を辞めたので働かせて欲しい」と来たのです。やっとコックが揃いました。有難いことでした。

しかし、その頃には私の身体はボロボロになっていたのです。店に出ても裏の倉庫で泣く毎日でした。その頃には食事の支度も出来なくなっていたのです。

そのうち、毎朝、夫にしがみついて大泣きをするようになったのです。それは何日も続きました。

ある日掃除機をかけていた私は、ペタンと座り込んでしまい、どうしようもない不安に落ち込んだのです。すぐに夫に電話をして、帰る時間を聞いたのです。その様子に夫はこれは普通じゃない、と気がついたのでしょう、私の親友を呼んでくれたのです。彼女が来ても私はコタツに入って座ることが出来ない状態だったのです。彼女が話をしているのにゴロンと横になってしまうのです。起き上がってもまた、ゴロンと横になってしまう。そんな私を見て彼女は「心療内科」へ行くことを勧めてくれたのです。

翌日、早速私は心療内科へ行きました。診察室でも私は大泣きをしながら先生に訴えたのです。

「私は大変な失敗をして皆んなに迷惑をかけています」

そんな私を見て、先生は夫に来て貰ってから私たちに言ったのです。

「奥さんは十人の医師が十人ともうつ病だと言います。明日から入院して下さい」と言われたのです。その時の夫は
「家で休ませますから入院はしません」

入院はしなかったけれど店に出なくてもいいというのは心を軽くしてくれました。でも半月程経った時、急に不安に襲われたのです。そして夫に頼みました。

「入院させて欲しい」と。

五月九日から八月三十一日まで約四ヶ月間入院しました。入院している間はとても以前のような事があったとは思えないほど調子が良くなりました。色々なしがらみから放たれて自由になったからでしょうか。同時に不機嫌な夫の顔を見なくてもすんだことも大きかったと思います。

入院して一ヶ月の頃、娘と外出をしました。車の多い道路へ出た途端、大きな不安に襲われたのです。

「こんなに大勢の人の中で私は生きていくことは出来ない」

娘たちと河原でサンドイッチを食べながら向こう岸を見た時、

「ああ、私は要らない人間なのかもしれない」

という思いがふと胸に湧いて来たのです。先生に話すと
「外出はまだ早すぎましたね」

と言われました。幸いな事に「今死ぬわけにはいかない。まだまだ私を必要としてくれてい

る子供たちがいる」と思う事で二度と「要らない人」と思う事はなくなりました。
このウツでの四ヶ月の入院を、夫は
「ウツだと嘘を言って病院へ逃げた」
こう言って最後まで恨んでいたようでした。
息子もよく頑張ってくれたのですが、店舗は閉めざるを得ませんでした。
その後、息子は新しい職を得ることが出来たのです。私は本当に安心しました。

骨　折

毎日、朝、夕、と私は秋田犬の散歩に行っていました。ウツもあまりよろしくない時には辛い仕事でした。朝の散歩のおり、友人とお喋りをしていた時のことです。突然塀の向こうからハスキー犬が自転車と一緒に走って来たのです。飛び出していこうとする犬のリードを引っ張ったところ私は反動で道路にたたきつけられたのです。もう私の体はピクリとも動きません。夫と息子に来てもらい、手分けをして夫は私を病院へ、息子は犬の散歩に連れて行って貰いました。

偶然にも当直の先生は整形外科の先生で直ぐに処置をしてもらうことが出来ました。レントゲンを見た先生は「どうしてこんな事になったのですか」とビックリしていたのでした。普通の犬の散歩でする骨折の仕方ではなかったからです。大腿骨が三箇所骨折していたのです。翌日には手術をしてもらうことが出来ましたが、出血がひどくて四百ccの輸血もしなければなりませんでした。レントゲンを見せてもらいましたが、骨が写ってはいませんでした。先生は仰《おっしゃ》いませんでしたが骨は潰れていたのだと思います。大怪我でした。

手術の翌日からリハビリが始まりましたが、歩けるようになるまでには大変な時間を要しました。夫は十日に一度位は見舞いにきてくれましたが、手術の経過もリハビリの成果がどの位あったのかも一度として聞いた事はありませんでした。そのうち

「病院へはもう行けないから」

と電話をして来たのです。

それに関しては何とも思いませんでした。それは見舞いに来てくれても私の方がどうしていいかわからないからでした。二人で向き合っていても会話がないのです。夫婦なのに会話がないと言うのは、他人とコミュニケーションが出来ない事よりも悲しいことです。夫が来てくれることよりも、担当の先生が私のウツを理解してくださり、毎日病室に来てくれて、ベッドに腰掛けて十分間くらいお喋りをしてくれる事の方が、私には癒しになったのでした。

もうこの頃には愛情という言葉は夫との間にはないのも同じでした。夫は自分の世界の中だけで生きていたのでしょうか。そこには私という人間はいないのも同じだったのでしょう。相談をする事もなければ、会話ということもなくなっていました。

私が入院をした事で夫と息子が二人だけになったため息子には苦労をかけました。夫のこだわりは（全てがキチンとしていてあるべきものはいつもそこにある）息子にはそれは厳しすぎる様でした。そんな息子に、「家を出るように言ってくれ」と涙ながらに私に頼むのです。夫には自分の気に入らないものがあると自分の周りから排除していくようでした。母のことにしても同様だったのでしょう。今度は実の息子であっても例外ではなかったのです。息子も新しい住まいを見つけて家を出て行ったのです。何と言うことか？　夫の元からは家族が消えていくようでした。

やがて、私のリハビリも順調に進んで、車椅子から松葉杖に、そして杖で歩けるまで二ヶ月半を要して無事退院をする事が出来ました。怪我をしたのが右足だったのでマニュアルカーを運転するには問題ありませんでしたが、ショッピングセンターの入り口に立った時、奥行きを見て買い物をどうしようと思ったことも毎度のことでした。しかし

「買い物に一緒に行ってやろうか？」

と、言ってくれた事は退院した直後くらいだけだったでしょうか、夫には私を気遣う事は出来なかったようです。そして、周りの空気を読むことも歳とともに出来なくなっているように思いました。

ウツの中での仕事

ウツになって四ヶ月に及ぶ入院をした後、私は仕事に戻る事はできなくなりました。家にいても絶えず横にばかりなっていました。買い物に行っても「何を買ったら良いか?」「どんな料理を作ればいいのか」それすらも考える事が出来ないのです。その頃の私は笑うことさえ忘れていました。何故皆んなあんなに楽しそうに笑う事が出来るのかさえわからなくなっていたのです。

横になっている私に夫は言いました。

「働いて金を稼いで来い」

それは私が言いたい言葉だと思いながらも「アルバイト情報誌」の中から私でも働けそうな仕事を見つけたのです。喫茶店の厨房での仕事でした。そこには元気のいい若者が大勢いたので、私はその人たちから元気を貰って楽しく働く事が出来ました。

しかし、家に帰ると二時間は起き上がることさえ出来なかったのです。そんな身体にムチ打って当時飼っていた秋田犬の散歩に行くのでした。私は仕事に行っているのだからそのくらいは夫が助けてくれても良いのにと思ったものでした。そんな私に、夫は声をかけてくれる事はありませんでした。夫は私が「ウツ」ではなく、単に怠けているだけだと思っていたのでしたから。夫は私がウツだという事は最後まで信じていなかったようでした。だから優しい言葉などかけてくれるはずもなかったのです。

ところが、ある日突然私の元へ秋田犬を連れて、とても散歩とは言えない距離を歩いてきたのです。理由は

「お母さんがいない」

という事でした。夫はうつ状態になっており、私がいない事で非常に不安になったのだと思います。自分が私に「働きに行け」と言っておきながら「お母さんがいない」とは全くなんという事、と思いましたが、ほっておく事は出来ないので、心療内科へと連れて行ったのです。ウツ状態の夫は点滴を三回打って見事に良くなりました。それなら私もと点滴注射をしてもらいましたが、私が良くなる事はありませんでした。こんな状態の夫を置いて仕事に行くわけにもいかず、折角得た仕事をやめることになったのでした。夫は私に「働け」と言っていた事など忘れているようでした。

多分忘れていたのでしょう。と言うよりアスペルガー症候群の人の場合、自分にとって都合の悪い事は覚えていないとの事でした。娘たちは私が働いていた時には私の表情にウツの影もなかったので、仕事を辞めたことをとても残念がってくれました。

しばらくは落ち着いていたのですが、そんな私に夫はまた、言いました。

「金を四百万都合をつけて来い。その金は自分で働いて返せ」ということでした。

多分飲食店をした時の借金だったのでしょう。簡単にそんなお金を都合つけてくれる人な

どあるはずがありません。その頃の夫は本業はそっちのけでパソコンを見ては新しい仕事を探すのでした。夫には現実を直視するだけの力は無かったのでしょう。そんな中、従兄弟が預金を解約までして都合をつけてくれたのです。

幸い以前働いていた職場が受け入れてくれたので給料を返済に充てる事ができました。その店舗が立ち退きをしなければならないことになり、また、私は職を失いました。そんな私に夫は新しい仕事を見つけてくるのでした。次の仕事は弁当屋でした。大変忙しく、体力のない私にはとてもキツイ仕事でした。泣きながら仕事に行くこともありました。そのため長くは働く事が出来ず、いとこへの支払いも滞ってしまいました。申し訳なかったのですがどうすることも出来ませんでした。

もうこの状態では離婚など出来ません。一人で働いて生きて行くことなどできないからです。どんなに不満があろうと夫について行く事しか出来ないのでした。

破産　新しい生活

夫の事業はとうとう破産までいってしまいました。家も手放さなければならなくなりましたが、夫はそれを喜んでいるかの如く張り切るのです。引っ越しにかかる面倒な手続きは全部夫がやりました。このくらい仕事に身を入れたなら、事業は成功したでしょう。そんな中、いったい何を考えているのかわからないのは、家賃十万円の家を借りようと言い出したことでした。これから切り詰めた生活をして行かなければならないという事実は、全くわかっていないのです。

最終、夫の気に入った七万円の借家に住むことになりました。夫は有頂天です。それでもその為に働かなければならないと思う気持ちは何処にも見られませんでした。

ここで私は大きな過ちを犯したのです。ウツになったことで、どうしても細かい事柄に対して頭を使うことが出来なくて、パソコンを使える夫なら管理が出来るだろうと思い全てのお金を夫に管理して貰ったのです。私は実際には夫がお金の管理が出来ないことがわかっていなかったのです。ここにアスペルガー症候群のお金を管理する能力がないという問題がある事を知ったのは、ずっと後になってカウンセリングを受けてからわかったのでした。

引っ越しした翌日から私は働きに出ました。引っ越しをする前に紹介をして貰っていたクリーニング屋でした。朝九時から夕方五時まで、休みは日曜日のみでした。ウツは治っているわけではありませんので、昼食のため自宅へ帰り食事を済ますともう動けません。時間がきて疲れたからだにムチ打って仕事に行く。そんな私を見ても

「ご苦労さん」とも

「大丈夫か？」

ともいうことはありませんでした。仕事も辛かったですが、ねぎらいの言葉のないのはもっ

とつらいことでした。
　そんな中、私は坐骨神経痛を患ったのです。ある日突然、朝起きたら歩けなくなっていたのです。仕事に行くこともできません。
「仕事を休んでもいい？」
と聞くと
「いいよ」
と言いますが、それでも
「どうかしたのか？」とも
「大丈夫か？」
とも聞くことはありませんでした。私が働かなければ収入がなくなります。それならば「自分が働かなければ」という気持ちも全く見られないのです。それなのに、月末になると
「金が足りないのだけどどうしよう」
と平気でいってきます。それなら自分も働かなければ、という気持ちは見られません。
　一ヶ月休みましたが働かなければ食べていけません。やっと歩ける足で仕事に行ったのです。お金がなければ誰かに助けてもらう、というのもアスペルガー症候群の症状の一つだそうで考えれば、夫は何時もそうだったように思います。
　職場の社長がいい人だったお陰で、一ヶ月休んだ後でも続けて働かせて貰うことが出来ました。そんなことがあり、私は同僚から冷たい視線を浴びることになったのです。この職場

で私は二度坐骨神経痛に見舞われました。二度目もやはり一ヶ月休みました。この事が同僚を益々怒らせることになり、とても続けて働くことは出来なかったのです。

「もう、今の職場で働くことは出来ないわ」

と、言うと
「わかった。やめたらいいよ」

と、言うのですが、すぐに、新しい職場をパソコンで探すのです。

「オイ、良いところがあるからハローワークへ行こう」

と私を連れてハローワークへ行くのでした。もう一体何を考えているのかわかりません。でも、生活のためには働かなくてはならないのです。和食レストランの厨房での仕事でした。板さんも若い人が多く、有難いことに皆に良くして貰って楽しく仕事をする事ができたのです。夫には時々車で迎えに来てもらっていたのですが、職場で、面白く、また楽しかった事を話すと
「お前の話を聞いていると自慢話のようで腹がたつ」

と言うのでした。このときに「この人にもう話をするのを止めよう」と思ったのでした。

この事業所を年齢的な事で解雇になると、また新しい仕事を探すのです。

「おい！　良いところがある。年齢もギリギリで大丈夫だから、面接に行って来い」

と面接の場所まで連れて行ってくれるのでした。この間、夫が自分の仕事を探すことはありませんでした。人手が足りないと言う事で、ここでもスムーズに就職が決まったのでした。

時々迎えに来てもらう事もありましたが、ここでも最後まで「ご苦労様」の一言はありませんでした。

汗で頭はクシャクシャになってしまいます。そんな私を見て「その頭をなんとかしろ」と私を責めるのです。さすがに腹のたった私は「一生懸命働いて汗ダクダクになっているのに、ご苦労さんとも言わないでよくそんな言葉が言えるわね」と言ったのです。これには夫も言葉に窮して何も言えませんでした。

何とか夫にも働いてもらおうと思い、何度も声掛けをしてやっと夫も仕事につきました。然し一年半程で辞める事になったのです。理由は「毎朝、レジスターの位置が真っ直ぐになっていない」たったそれだけの事でした。それも泣かんばかりに私に訴えるのでした。

夫の強いこだわりは全てのものがキチンと治るべき処に収まっている、と言う事だったのですから。これもアスペルガー症候群の強いこだわりの一つだったと言うことが後になってわかったのでした。

家を出る決心をする

娘が生活費に困り、夫にお金を借りに来ました。助けて欲しいと一生懸命お願いをしている娘にどうしてもお金を貸そうとしません。
「どうして?」と尋ねる私に夫は一言
「金はない」
と言います。以前二人で働いていた時の給料が充分残っているはずなのにと不思議に思いました。この時、これ以上夫にお金の管理を任せてはいけないと思ったのです。預けておいた通帳を手元に置いておけばよかったと後悔したのでした。それはお金の流れがおかしいと思ったからでした。私の知らないところへお金が流れていたようです。そして
「オイ、一年で百万儲けてやる」
と言いだしたのでした。馬券のオッズで儲ける予定だった様です。最初の何回かは儲かっていた様ですが、そのうち何も言わなくなったので諦めたのだろうと思っていました。後からわかった事ですが毎月会費が必要だったようです。儲けより会費の方が高かったようで持ち出しだったのだとわかりました。他にもお金の消えた原因は色々あったようです。お金の管理が出来ないのもアスペルガー症候群の特徴である、と聞いたのもカウンセリングの時でした。

そんな折、今度は知人に百万円もの大金を借りて商売をしようとしているのでした。私の承諾が無いとお金は貸せないと言われたらしく、私に強く言ってきます。何時ものように
「お前はワシの言うことに何でも反対する。お金でお前には迷惑をかけないから」
と言われ、夫と面倒なことになる前に承諾をしたのでした。その時、相手の方にとって夫は

信用のない事が判明したのでした。それでも夫は自分だけでは信用がないと言う事が理解は出来ていなかったようです。結局この仕事も何時もの通り途中で消えたようでした。これが私が夫の元を出る大きな原因にもなったのでした。

私が通帳を手元に置いた事で、夫は何かにつけて私にお金を要求してくる様になりました。今度は車検の費用を出して欲しいと言ってきたのです。その時は、働かないでお金ばかり要求してくる夫に無視を通したのです。

私は市民団体で「お芝居を観る会」に参加していてその時の例会はミュージカルの公演となっていました。孫に是非見せてやりたい演目だったので勧めていたのです。

「今回は高校生は千円で見る事ができるし、お金はお婆ちゃんが出してあげるから」

と、言っているのを夫は聞いていた様です。

「お前は孫には出してやるのにワシの車検の費用は出せないのか」

千円と五万円の違いも全く何もわかっていない事に、だんだん愛想が尽きて来ました。余りにも情けなく思った私は娘や息子に話したところ、

「お母さんが家を出ない事には、どうにもならないよ。いつまでたっても同じことの繰り返しになるよ」

と忠告してくれたのです。

「じゃあ家を出る」

と言っても簡単に行くわけにはいかず、取り敢えずは車検の費用を出したのです。

ある日のこと、夫に仕事帰りを迎えに来てもらっていた車の中でお金の話になりました。以前大金を借りて始めた仕事がきちんと後始末が出来ているのか尋ねたのです。まだ、それも出来ていない事が判明したので、私は夫を攻めました。

「お前はワシのすることにことごとくケチをつける。腹がたつからここから歩いて帰れ」と、言ってきたのです。この頃になってやっと精神的にも強くなっていた私は、車を降りた時点で家を出る決心をしたのです。

　食事の段取りをした後、私は娘のところを訪ねる事にしたのでした。今まではこの様な事があると、泣く事しか出来なかった私ですが、この時は何故か未来に明るいものが見えた気がしたのです。足取りまでも軽く感じられました。夕飯の仕度を済ますと早速娘のところへ行ったのです。以前から
「家を出なければ、何の解決にもならない」

と言っていた娘たちです。

「家を出ると言っても、一体どうしたら出られるの？」

　そんな質問に
「お母さん、今ではウイークリーマンションもマンスリーマンションもある。身体一つあればいつでも出られるよ」

「明日にでも出た方がいい」と言われてもさすがにそれも出来ず、私は家探しに奔走したのです。

「気持ちよく出るためには夫としっかり話をした方が良いよ」と言う友人の忠告に従って私は夫に家を出る話をしたのです。

夫は良く理解できていたのかどうかわかりませんが、家を出る事には何の問題も生じることはありませんでした。「家を出ると言う事は同時に離婚をすると言う事だから」と話をしても本気で聞いてはいないようでした。聞いていてもどうすることも出来なかったのでしょう。やがて、私にとって条件の良い借家を見つける事が出来たので同居していた孫娘と住む事にしたのです。その時飼っていた犬は夫の要望で夫の元に置いていく事にしました。そして私は新しい生活を始めたのでした。

新しい生活

家を出る決心をしてから私は早速行動に移しました。娘に教えてもらった住宅情報誌を貰ってきて、家賃が安くて間取りの良い家を探す、その事を考えるだけで胸がワクワクするのでした。私は早い段階で、私の希望にぴったりの物件を見つけました。その時の夫は私たちの行動に全く気がつく様子もなく、周りの出来事には全く無関心でした。

「私は家を出ますからね。夫婦なら二人で相談して決めないといけないのに、それができないのだから一緒にいる意味がない」と、言っておきました。そう話をしてもどこまで本気で考えているのかわかりません。別れるつもりである事を言っても、さほど驚くこともなく、離婚するときには調停でする事を伝えても慌てた様子もありませんでした。多分そうなったとしても何が変わるのかその時は理解できていなかったのだと思います。

新しい家は決めましたが、入居するのにこれ程のお金がかかるとは思いませんでした。家を出る事を早めに決めていたら手も打てたのですが、どうしても五万円のお金の段取りがつきません。こんな時夫に頼むのも変な話だとは思いましたが、背に腹は変えられません、

「五万円貸してもらえないかしら」

夫の返事は

「金はない」

「次の年金で返すから」

と、言ってみましたが、ダメでした。締め切りが近くなり焦った私です、何人にもお願いしましたが、貸してくれる人はいませんでした。しかし有難いことに友人が段取りをつけてくれたのでした。それは締め切り二日前の事でした。その友人には今でも本当に感謝していいます。

やがて私は引越しを始めました。持ち出すものは最低限にしました。後で問題の起こらない様にするにはそれが一番だと思ったからです。私が引越しの荷物を作っていても夫は何も言わないのです。今思うと、夫は私に聞くのが怖かったのかも知れません。そんな夫を無視

して引越しを終えたのです。私は取り敢えずは夫の元を出る事が第一の問題でした。しかし何もできない夫、困った事があれば手伝うつもりでいたのです。

調停 そして裁判

私が家を出て間もなくの頃でした。夫から呼び出しを受けて尋ねていくと
「車検の費用を貸してくれ。次の年金で返すから」と言うではありませんか。そのときは返事を保留にして帰ったのでした。そして市の第三者による相談員のアドバイスを貰おうと思ったのです。

私の話を聞いた職員さんは
「こういう人は困った時には誰かに頼って来るのですから、今お金を出せばこれからずっと借りに来る事になるでしょうね」

市の相談員のアドバイスを受けて離婚を決意した私は、早速、家庭裁判所へ行き調停の手続きをすることにしました。調停にしたのは、お金がかからないからです。窓口で一番に
「年金の書類は持ってこられましたか?」
と言われてビックリしました。年金から慰謝料を取るための書類でした。夫は年金しか収入

がないため、年金からの慰謝料を取るつもりのない事を告げた上で調停の手続きをしたのでした。

調停員の方、男性一名、女性一名で調停が始まりました。私はここで今までの夫の言動や裏切りなど苦しい思いをした事を一生懸命話しました。男性の調停員は夫を擁護されるので、私がいくら訴えても

「ご主人も反省されているのでしょうから奥さんも許してあげられたらどうですか?」

と、言われます。女性の調停員も

「奥さんもご主人さんとゆっくり話し合われたらどうですか?」

と男性調停員の方の意見を尊重されます。それでも強固に離婚の意志を伝えたのでした。

入れ替わりの入室した夫は、離婚をしてもいいと返事をしてくれたのです。

一ヶ月後に行われた審理の席で、夫は一転、

「離婚しない」と言って来たのです。そして、残っている和ダンスを引き取って欲しいということでした。子供たちの都合に合わせて和ダンスの引き取りに夫の元に行ったのです。しかし私はとても夫の顔を見る勇気は無かったので、積み込みが終わるまで夫と顔を合わす事は出来ませんでした。

別れ際に夫は憎しみをいっぱいにした顔で私を睨みつけて言ったのです。

「どうだ、これでせいせいしたか?」

その時の表情はトラウマとなって後々私を苦しめることになったのでした。その後、夫は

調停に出てくることはありませんでした。裁判所の方も出席するように連絡を入れて下さったのですが、それでも夫が出てくることはなく、このままでは「離婚不成立」ということで裁判になるとの事でした。裁判になるとお金もかかる事なので、しかたなく調停を取り下げたのです。しかし、調停を取り下げた事が家族の猛反対に遭い再度手続きをしたのです。

知り合いに弁護士さんがいたのを思い出した私は、早速相談に行きました。弁護士さんは、即、

「離婚すべきです」

と、私の背中を押してくれました。これで離婚への道を一歩進んだのでした。裁判所から調停不成立の書類を持って弁護士さんの所へ行くと決めた日に、私は自動車事故に遭ったのです。二ヶ月遅れで裁判が始まりました。弁護士費用は、国から無利子の融資が受けられるという事でしたので、それを利用することにしました。

私たちの裁判は、裁判所に出向く必要のないものでした。文書のやり取りだけだということでした。私は、夫との縁を切ることだけだったので争うことも無く和解に臨んだのでした。夫からの三回目の文書には夫にとって都合のいい事ばかり並べてあったようでした。この文書を私は読みませんでした。大体想像がついたからです。最後の和解の席で、裁判官の方に「ご主人に会われますか?」と言われたのですが、最後の表情が忘れられない私はとても会うことなど出来ませんでした。

この後、夫に会うことは二度とありませんでした。

カウンセリングを受ける

離婚は成立したのですが、別れるためだけに行った三回の審理では、自分の思いを充分文書の上で表現することは出来ません。そして、私にとって本当は何が一番不満だったのか、自分自身にもわからなかったのでした。

毎日、毎日、三年近く考え続けてやっとある事に気がついたのです。私の一番の不満は夫の優しさが無かったと言うことでした。これを友人から「モラハラ」と言うのだと聞きました。

この気持ちを話して聞いてくださるのはカウンセリングの先生しかないと思った私はカウンセリングを受ける事にしました。

初日、私は夫がこれまでの私に対してどんなに優しさが無かったか、悲しい思いをさせたかをカウンセリングの先生に思い切りぶつけたのでした。そんな私の話を聞いて下さった先生が、二回目の面接の時言われた事は

「ご主人は病気ではありませんか？」
「ご主人は自閉症ではありませんか」
「ご主人はアスペルガー症候群ではありませんか？」

考えた事もない言葉でした。それから先生と一つ一つ私の悩んできた事を話し合いました。私の気持ちを解決する為にも事実を検証する事が必要だったからです。

話を進めていくうちに、夫は「自閉症スペクトラムのアスペルガー症候群」と言う発達障害である事がわかりました。夫が発達障害であると言われても最初は納得がいきませんでした。あれだけ苦労をし、辛い思いをした事が「障害」と言う二文字にして片付けるには、あまりにも軽すぎる気がしたのです。

先生が仰いました。

「アスペルガーの大きな特徴は、思いやりのない事です」

この言葉で、夫がアスペルガー症候群である事を納得したのでした。

私の母に対しては優しさが、私に対しては優しさと思いやりの両方を持ち合わせてはいなかった事もわかったのでした。

「お金の管理が出来ない」と言う事も先生に教えていただきました。これに関しても思い当たる事が数々ありました。コミュニケーションが不得手な夫は営業が苦手であった事も当てはまるでしょう。事業の失敗はこのほとんどが「アスペルガー症候群」が災いしていたと言う事を理解したのでした。これらのこと折り合いをつけるのに半年を費やしたのでした。

このときと同じくして夫の病気の連絡があったのでした。

夫の病気

夫の発達障害についてやっと折り合いをつけて、カウンセリングを終えたのと同時に孫のところに一本の電話がありました。

「お祖父さんの病気についてお話がしたいので病院の方へ来てください」

との事でした。早速二人の孫が病院へ行きました。夫は元々が元気な人だったので、私たちは病気に関しては大きな心配はしていませんでした。しかし、孫たちが聞いて来たことは想像を超えたものでした。

「お祖父さんの病気は「骨髄異形成症」といって白血球が上手く出来なくなる難病です。やがては白血病になって亡くなってしまう病気なのですが、お祖父さんは急激に悪くなって、余命二、三ヶ月だと思います」

ということでした。ある日突然に、余命二、三ヶ月だと言われても、理解するのに時間がかかります。孫たちが最初に行った時は無菌室に入っていました。孫が行ったことで夫は随分喜んだということでした。

先生の話しぶりや、自分の体調で自分の余命が短い事を察した夫は、自分の亡くなった後のことを色々孫に頼んだそうです。余りのことにビックリした孫は私たちに話すのも大変だったようです。それを聞いた私は大変なショックを受けました。身内の誰も来ない病室に一人でいるというのがどんなに寂しく、心細かっただろうと思うと思わず泣けて来たのでした。

そんな父を見舞うために娘は子供たちを連れて病院へ行きました。帰ってきた娘の様子がおかしいので何があったのか聞いてみました。最初は嬉しそうに、また随分喜んで話をしていたそうです。が、その内だんだんと表情が険しくなり、私が家を出てから誰も寄り付かなくなった、と不平不満が噴き出したそうです。そして、私の事も飲食店を出すだけ出して、あとは、自分はウツだと言って病院へ逃げた女ペテン師だと恨み言を言っていたそうです。

私は何故飲食店を開業したかについて、夫に何も言ってはありませんでした。誤解を解かないまま逝ってしまうのは不満でしたが、これも仕方がない事と諦めました。息子も見舞うために帰ってきました。娘から夫の言ったことを聞いて心配していましたが、夫を見舞ってきました。

「よくきてくれたなあ。すまんかった」

と言って涙ぐんでいたそうです。しかし、娘も息子も小さい時からかまってもらった記憶がない為、父親の所に行っても会話が繋がらなかっただろうと思います。今まで息子も私がいるから遠方から帰ってくれるのであって、父親のところへ帰ることは無かっただろうと思います。夫はたぶん、今まで思っていた不平不満が噴き出した思いが娘に対しての言葉だったのだろうと思いました。残念ながらこの事があってから、娘たちが夫のところへ見舞いに行くことはありませんでした。

家族が来てくれたことで、夫は気持ちを持ちなおしたようで、孫にも退院するつもりの事を話していたようです。夫の様子からは退院することが出来るような状態ではなかったと思います。しかし、夫には希望が見えたのかもしれません。誰も行かなくなった夫のところへ年長の孫は良く顔を出してくれて立派に役目を果たしてくれました。

娘は父親の顔を思い出すとしたらあの険しくなった顔しか浮かばないと残念がっていました。

夫の最期

「今晩が山です」と連絡があり、私と孫は病院へ行きました。担当の先生お二人に詳しくお話を聞くことが出来ました。夫は最初、家族には知らせなくてもいい。と言っていたそうですが先生は
「最後に何か言っておきたい事があると後悔なさると思いましたので、連絡をさせていただきました」
との事でした。後で夫が書いた書類を見ると連絡先には孫の連絡先しか書いてありませんで

した。友達は、友人と犬と書いてありました。息子の名前も娘の名前もありませんでした。
　夫は病気についてのインフォームドコンセントをたった一人で聞いたのでした。一人では何もできなかった夫が良くやったものだと思いました。一人で聞いていた夫が哀れだとは思いましたが、その隣に私が座っている情景は浮かんでは来ませんでした。
　その上、延命治療はしない事、死亡解剖の承諾書にサインまでした事で、尚ビックリしたのでした。

家にも寄り付かない家族を恨んでいた夫ですが、最後に家族が見舞いに来てくれた事で弱気だった夫にも一時元気が湧いて来たようでしたが、奇跡は起こりませんでした。
　家族に複雑な思いを残したまま翌朝早くに夫は旅立ちました。夫が亡くなった日、看護師さんから、夫がひどく娘を攻めたことを後悔したことを聞いた娘は、胸のつかえが取れたそうでした。夫は
「家族ともっと仲良くしておけば良かった」
と後悔していたそうです。看護師さんがもっと早く娘に伝えてくれていたら、と思ったのは

贅沢だったでしょうか。息子は、火葬場に行く車の中で「体の中にあったものがスーと下へ降りて行く気がする」と言いました。娘も息子も私とは違った意味でアスペルガー症候群の被害者だったのではないかと思います。

夫の大切な友達だった犬も、老衰で一年後、夫の元へと旅立ったのでした。

終わりに

ここに書いた事は、私が経験した事です。私自身、書き終わってから、また今までの経験から、パートナーがアスペルガー症候群である事がわからなかった時、またアスペルガー症候群である事を認めない場合は、いくら努力をしても報われる事がないのではと思っています。

アスペルガー症候群は脳の病気であって治る事は無いと聞きました。報われることがないと言う事は自分の心を痛めることにしかならないということでは無いでしょうか。この場合は少し離れてじっくり考えて見る事が必要だと思います。私の場合は離れたくても離れる場所がなかった為にゆっくり考える時間がありませんでした。その為にどんどん深みにはまってしまって抜け出す事が出来なかったのだと思います。もし、パートナーが「自分がアスペルガーである」と認めていて、貴方に愛情があれば力を合わせて乗り切る事が出来るかもしれません。私にはその愛情が消滅してしまったのです。私のように双極性障害になってしまうと、一人で生きて行くことは難しいと思うのです。そうならない為にも正しい判断を早くする事ではないでしょうか。

その場合は心療内科の医師であったり、カウンセリングの先生方にしっかり相談されることをお勧めします。

林　富江（はやし　とみえ）

1946年 岡山に生まれる。
地元の高校を卒業後放送局へ就職したが、
結婚を機に1年5ヶ月で退社。

アスペルガー症候群の夫と過ごした四十三年間

2020年1月24日　第1刷発行

著　者　林　富江
発行人　大杉　剛
発行所　株式会社 風詠社
〒553-0001 大阪市福島区海老江5-2-2
大拓ビル5-7階
TEL 06（6136）8657　http://fueisha.com/
発売元　株式会社 星雲社
（共同出版社・流通責任出版社）
〒112-0005 東京都文京区水道1-3-30
TEL 03（3868）3275
印刷・製本　シナノ印刷株式会社

ISBN978-4-434-27003-1 C0095